UNMASKED WRITINGS:
NO DATE ON THE CALENDAR

HISTORIAS DESCONFINADAS:
SIN FECHA EN EL CALENDARIO

Preface/ Prefacio

As I write this at the library, mask on, glasses discarded after losing their battle with the steam, I cannot help but wonder: 'How often can we become conscious we are part of history? How often can we identify a present moment which humanity will remember forever?' The current Covid-19 pandemic is one of those historical milestones, one we get to witness from within. The pieces written by the writers and translators in this collection zoom in and out of our hearts and minds as we experience this unprecedented reality. What better means to express, to translate, to give an account of what we are going through than art? When later generations study this at school –which will probably be entirely virtual-, when historians and anthropologists try to explain what we went through, when any person in the future wonders what life was like 'back then', I am sure they will turn to films, plays, songs, poems, short stories, and any artistic expression for a full and true account of what it meant to live in the time of the 'the virus'.

The texts in this collection explore our feelings, thoughts and actions in a time of sporadic and yet eternal lockdowns. As the walls grow smaller, the voices begin to look into their inner selves and grab an anthropological magnifying glass to observe how reality has changed with the pandemic.

Plans to make the most of the new free time turn into a kind of frustration and guilt when all we do is stay in our bed or on the couch. A bitter-sweet tenderness arises as we realise we are to face our pain and loneliness accompanied only by someone on a screen. We come to value things, however small, that for a long time we had been taking for granted: a hug, a visible smile, holding hands, a drink at the pub, but also an appreciation of the world around us. As the skies clear, we cherish the various shades of green, endless cyclic sunsets, rows of roof tiles, a new possible route in our daily walk. Even furniture and rooms become protagonists as 'indoors' is now our only habitat. Meeting family or close friends out on the patio becomes subject to tough moral and ethical tests which we seem to be on the verge of failing every time as the invisible enemy may be sitting at the edge of a cracker or at a droplet travelling at the speed of a sneeze. To eat or not to eat, to meet or not to meet, to speak or not to speak, all underly new uncovered moral dilemmas raised by the virus. The unprecedented entails an ever-growing uncertainty visible in tongue-twistingly intricate political measures, uncertainty in relationships, in protocols, in personal plans, in memory, in language.

These talented writers have given way to dystopic, sketching, cathartic, self-referential, questioning, tender and poetic voices. Each of them a brush painting a vast canvas in which emotions and thoughts are restructured as a result of experiencing the 'new normality'; experiences with which the contemporary reader of this collection can easily identify.

Quienes se acerquen a este libro, encontrarán también las traducciones al español de cada uno de los textos originales, reflejos combados de las historias que germinaron en los teclados de los autores, regados de ausencias en los eternos meses de encierro de 2020. Como señalaba Umberto Eco, traducir es decir casi la misma cosa. Ese casi es, sin embargo, un término flexible, de largo aliento, que abraza múltiples enfoques y aproximaciones al texto de partida. Todas son bienvenidas en las traducciones de esta colección. Unas se pegan al original casi como una segunda piel que se funde con la anatomía del relato para latir a un mismo ritmo. Otras horadan el texto para insuflarle aires nuevos que lo revitalizan y lo desengranan, siquiera ligeramente, de los ejes sobre los que pivotaba la historia. Por último, algunas traducciones cartografían el texto fuente, lo deconstruyen, lo recomponen y nos descubren nuevas dimensiones que, en una parábola irónica y espléndida, nos acercan un poco más a la obra original y su sentido profundo.

Sea como fuere, la traducción tumba las barreras de la escritura monolingüe y da nuevas vidas al texto, permitiendo que circule libremente en espacios más amplios, mezclando dos lenguas para que ambas historias se nutran mutuamente en una simbiosis que las hace únicas en sus semejanzas. Traducir literatura es navegar una yuxtaposición constante de sustantivos: es esfuerzo y creatividad, ingenio y sistematismo, trabajo y pasión, libertad y contención.

Y también es arte; un arte que los traductores noveles que han participado en esta colección han demostrado inspirar y expirar a una edad muy temprana. Gracias a ellos y gracias a los autores, podemos hoy asomarnos a un abanico poliédrico de historias que, por separado, son un relato de la intimidad, de lo cotidiano, de la introspección, pero que, en su conjunto, trazan un mapa de la distancia, de la soledad, de los abrazos rotos y los lazos segados, pero también de la esperanza en tiempos de pandemia. Os invitamos pues a que abráis todas estas ventanas para mirar, no hacia fuera esta vez, sino hacia dentro: hacia esa uniformidad sentimental, esas identidades difuminadas y esas vidas en pausa que nos trajo lo impensable.

Antonela Pallini-Zemin,
project liaison coordinator, Norwich

Bruno Echauri Galván,
coordinador del proyecto, Alcalá de Henares

2021

Contents

Cartoons
Willa Froy   **10**

Dibujos animados
Willa Froy
translated by
Soledad Benavente Ceballos   **14**

Unprecedented
Aayra Khawaja   **18**

Sin precedentes
Aayra Khawaja
translated by
Javier Romero Castañeda   **24**

Weekly Routine
Ryan Lenney   **32**

Rutina semanal
Ryan Lenney
translated by Roberto Matei   **38**

Cartoons
Willa Froy

It's day thirty in lockdown. You woke at 8am with blurry eyes. The morning starts off fine. You decide to sit and watch TV and eat a ton of food and for a while that feels really good. No-one has noticed that you are doing nothing, so they leave you be. You spent the night before drinking so a morning hangover is acceptable. You put on cartoons and eat two sandwiches and four chunks of rocky road. It is all feeling relatively okay and you tell yourself you deserve a day of nothing. You hear someone in the kitchen washing up the glasses from last night, you roll onto your side so your back faces the door and your left ear blurs into a pillow.

Four hours somehow pass, and you feel sick from all the food and the sofa has formed an imprint of your back and butt. Your third sandwich is constructed from a burger bun that's crumbling and two thick layers of butter and one slice of a buffalo tomato. It tastes below the line of satisfactory. A small feeling of anxiety is ignited. You have done absolutely nothing.

Your sister arrives back from the supermarket and asks to watch that episode from the series she'd missed last night. You put it on for her and you feel okay for the next forty minutes because she is slouching as well. But then she starts complaining about the pain in her lower back and asks to rearrange the cushions. You feel annoyed and start to snap. She leaves you be.

Alone again you switch back to cartoons. After two hours

in, the seconds where one episode ends and the other begins start to feel like a slender bullet is passing through your neck. It hurts and burns in the short time of blackness and you recognise your spot riddled face in the TV screen.

You refuse to go on the walk offered to you. You haven't charged your phone and the rest of the world begins to drift away. This feels good and you draw your legs up towards your chest. You resemble a small dollop of mayonnaise with a blanket tucked around your belly. This is good. This is what you wanted. Lockdown is providing the separation you'd been looking for.

But then you hear a voice in the room next door saying they feel they haven't done much today and tomorrow they are going to be productive. You watch them download an online yoga class. It sends you mad. You've become a stupid kind of angry. So, you make a cup of soup with noodles in and eat it in front of cartoons. You stay awkwardly still, sipping from a can of half cold diet coke. Who cares it's just one day.

It gets to around dinner time and this is where it all goes wrong. People start sitting at the table and asking if you want to join. It feels like pitchforks are being waved in your face. You go and play one round of cards, but you sit in silence, wishing for this moment just to end so you can go back to the tv and not have to think. They are talking about the bin system and which coloured bin goes where. You stare intensely at the table. Someone says they have finished their painting of a holly tree.

You go back to the sofa with the cushions that are gooey and overflowing onto the floor. It calms you for a moment when your body finds the space it spent all day creating.

Then the others from the room next-door want to watch a documentary on Afghanistan. You feel a neurotic rage fuelling through your hand, powered by the tv remote which has worked as your stress ball all day. You get up roll a cigarette and sit outside.

The moon is a sliver and the wind from the night before has fallen to a breeze. You think about what you could have done today but didn't. How you won't be able to sleep because you have not moved and suddenly your body is so very awake. You hate yourself for wasting a day on a fake hangover which was hardly even a headache. You could be happy right now. You could have read that book about feminism or done an online language course. You could be fluent by now. You could be living and you're not and it's your fault. You wish you could burst into tears and ask one of those people inside to hold you. But you've built up your anger and your one word replies and to undo it all feels impossible. So, you go to your room, tie your dressing gown cord tight like an anchor around your waist and feel blank inside.

The rest of the world though on pause is moving and pulsating. All you do is hide under the duvet of your bed. Motivation sleeps just next door, but the distance seems vast like the thought of a daily hour-long bike ride. Somehow in a time where you could do anything you have done nothing. Guilt has spent the last thirty days eating you from the inside out, till you are hollow and now it is too late to try, you have already failed.

Dibujos animados
Willa Froy
translated by Soledad Benavente Ceballos

Ya van treinta días de confinamiento. Te levantas a las 8:00 con la vista borrosa. Empieza bien la mañana. Decides sentarte a ver la tele y a comer un montón de comida; por un momento, te sientes bien. Nadie se ha dado cuenta de que no estás haciendo nada, así que no te molestan. Como la noche anterior estuviste bebiendo, se acepta que tengas resaca. Pones los dibujos animados y te comes dos sándwiches y cuatro cucharadas de helado de turrón. Parece que está todo bien y te dices que mereces un día sin hacer nada. Escuchas a alguien en la cocina lavando los platos de anoche, te pones de lado para que tu espalda mire hacia la puerta y tu oreja izquierda se funde en la almohada.

De alguna manera, pasan cuatro horas y te encuentras mal por toda la comida, y el sofá tiene tu culo y tu espalda impresos. El tercer sándwich está hecho con pan de hamburguesa desmigajado, dos capas de mucha mantequilla y una rodaja de tomate. Te sabe a gloria. Un sentimiento de ansiedad aparece tímidamente. No has hecho nada. Tu hermana vuelve del supermercado y te pide que pongas el último episodio de una serie que se perdió anoche. Se lo pones y te sientes bien durante cuarenta minutos porque ella también está vagueando. Pero entonces se queja por el dolor que tiene en la espalda y quiere recolocar los cojines. Te sientes molesta y te pones gruñona. Te deja ser.

Vuelves a poner los dibujos cuando se va. Después de dos

horas, el tiempo que hay entre un episodio y otro empieza a parecerse a una fina bala que te atraviesa el cuello. La pausa en la oscuridad escuece y parece quemarte por dentro mientras reconoces tu cara llena de granos en la pantalla de la tele. Te niegas a dar el paseo que te han ofrecido. No has cargado el móvil y el resto del mundo empieza a alejarse. La sensación te gusta y colocas las piernas pegadas al torso. Pareces un algodón de azúcar con la manta alrededor del estómago. Es genial. Esto es lo que querías. El confinamiento te está dando el distanciamiento que habías estado buscando. En ese momento, sin embargo, escuchas la voz que proviene de la habitación de al lado diciendo que sienten que no han hecho mucho hoy y que mañana van a ser productivos. Ves cómo se descargan una clase virtual de yoga. Te molesta. Te has convertido en una estúpida especie de persona que anda siempre mosqueada. Te haces un cuenco de sopa con fideos y te los comes viendo los dibujos. Te quedas quieta de una forma extraña, dando pequeños sorbos a la lata medio fría de Coca Cola. Qué más da, es solo un día.

Es casi la hora de cenar y a partir de ahora es cuando todo va a peor. La gente empieza a sentarse en la mesa preguntando si tú también quieres. Hace que te sientas amenazada por horquetas que van directas a tu cara. Accedes y echas una partida de cartas, pero permaneces en silencio, deseando que ese momento termine cuanto antes para que puedas volver a ver la tele sin tener que pensar. Están hablando sobre el sistema de los contenedores de basura y de dónde se coloca cada uno según su color. Te quedas mirando fijamente a la mesa. Alguien dice que ha terminado de pintar el cuadro del acebo.

Vuelves al sofá y te reencuentras con los cojines pegajosos tirados en el suelo. Por un momento, te sientes en paz cuando tu cuerpo encuentra el sitio que ha estado creando todo el día. Entonces los de la habitación de al lado quieren ver un documental de Afganistán. Sientes como la rabia incontrolada se apodera de la mano que sostiene el mando a distancia, o, mejor dicho, tu desestresante del día. Te levantas, lías un cigarrillo y te sientas fuera.

La luna forma una fina curva y el viento de la noche anterior ahora es una brisa. Piensas en lo que podrías haber hecho hoy que no has hecho; en cómo no serás capaz de dormir porque no te has movido y tu cuerpo de repente se ha activado. Te odias por desperdiciar un día con una resaca de mentira que en realidad era apenas un dolor de cabeza. Podrías estar feliz ahora mismo. Podrías haber leído sobre feminismo o haber hecho un curso de idiomas en internet. Lo tendrías ya dominado. Podrías estar viviendo y no lo estás haciendo y es tu culpa. Desearías poder echarte a llorar y pedirle a una de las personas que están dentro que te abrace. Pero ya has construido un muro con enfados y respuestas en monosílabos; parece imposible tirarlo abajo. Así que te vas a tu habitación, te atas el cinturón de la bata a la cintura con firmeza y sientes un vacío en tu interior.

    El resto del mundo está en pausa, pero sigue moviéndose y latiendo. Tú solo te escondes bajo el edredón de la cama. La motivación duerme tras la puerta, pero la distancia parece tan abismal como pensar en dar una vuelta en bici durante un día entero. De una u otra manera, no hiciste nada cuando podías hacer cualquier cosa. La culpa te ha estado consumiendo por dentro desde hace treinta días hasta que ha provocado un hueco irreparable; es tarde para intentarlo, ya has fracasado.

Unprecedented
Aayra Khawaja

It was December 2019: the first time it got identified,
and by the 11th March 2020 it was declared.
The world got the news,
got the news that things would never be the same again.
This ghastly entity lurking through the air,
changing our lives as we know it.
Businesses would be 'closed until further notice'.
Little did they know it ruined livelihoods,
when we found out that we could no longer see loved ones,
when we couldn't go outside like normal again,
we got the news.
Yes, we got the news but it's still not settled in for us.
Not yet anyways.

Thursday 19th March 2020
Little did we know that today was our last day at school,
the news that schools would be 'closed until further notice'.
No routine, no work, no school,
nothing to look forward to.
Friends that were once so close are now afar,
Lovers being ripped apart.
What a world we live in now, where it's against the law to touch another soul.
What a world we live in now, where were afraid to go outside.
What a world we live in now.
No responsibilities? Are we okay? Or are we going crazy?

Panic. Panic. Panic. We say the verb panic. There's nothing left to do but panic.

Friday 20th March 2020
Unprecedented times call for unprecedented measures.
It's time to try and make this life worth living right? Being in lockdown means it's time for a change, to start
  running, dancing, writing, baking, reading, cleaning, eating, sleeping, dancing, streaming, cooking painting, meditating, singing, drawing, gardening… nothing.
It feels like there's an overwhelming amount of pressure to do or take part or just be productive; it's only been a matter of days and the media is swarming.
Hanna's scared. My roommate. A particular person to say the least.
It's not been long but the endless swarm of fucked up media has definitely gone to her head; god save us all.
"Quarantine".
"Unprecedented"

Saturday 21st March 2020
Its Hanna's first day in isolation.
Her limp body sat on the sofa. Four small walls encompassing her, twenty…four seven, like a vulture circling the dead carcass of an animal on the side of the road.
Twenty-one goddamn days in and she seems uneasy, although she acts like lockdown is going to be this amazing outlet for creativity, said no creative person ever.

Out comes the calendar that's been hiding in the loft since January.

"New Year, New Me" has always been a façade, why on earth would being in lockdown change anything?

Maybe it's a discovery, a self-reflection to re-evaluate our lives. Expectations created by media outlets about our capabilities during lockdown.

Do we have to be productive? Should we be productive?

It's a fucking pandemic, since when are we meant to be productive.

Sunday 22nd March 2020

Another day, another news story coming to a screen near you. What's on the card this time? More updates about the invisible monster flying through the wind? Of course, but that's not all.

Burning madness in Australia, they're getting worse now, the beauty gone within a second's touch of the red flower.

The creature we call the American president from across the pond, at least he's going through impeachment, right?

Brexit. Nothing more needs to be said on that front, thinking about it makes me queasy.

Monday 23rd March 2020

Hanna's refusing to get out of bed again, already failing her religious regime. Creativity is one of those things that comes and goes, so is motivation.

Judging someone is difficult. Its human nature.

I just can't help it. Her constant need to become a new

found person.
Maybe that's just my jealousy.
There's no school to wake up to,
no places to go,
is there anything she will make that's worthy enough?
to show the world that she's not being lazy and unproductive on purpose,
to show the world she can stand in solidarity,
to show that she doesn't secretly miss the normalities of life.
It seems pathetic to say we miss it, doesn't it?
It was never something to be proud of, look at her now, look at us now,
I'm telling you to take a look.

Tuesday 24th March 2020
Apocalypse day number what? Hanna's gone into a full frenzy by now, she's up at god knows what hours of the night, and sleeping during the day. The fear of her mental state is worrying, no one should be struggling this much.
Another daily update from your local detrimental dipshit:
        Death has risen in the United States
        Trumps refusal to issue a national lockdown
        "Chinese Virus" dominates media outlets.
"Be prepared to lose some of the people you love" says the reliable Prime Minister of the UK.
Such warm words.
How lovely.

Wednesday 25th March 2020
In hindsight, thinking that Hanna was becoming some kind of nocturnal creature wasn't the most terrifying aspect of this unusual and unique experience.
It's really starting to drag.
The days feel longer.
Things become meaningless and menial.
Wednesday 25th March 2020
Wednesday 25th March
Wednesday 25th
Wednesday
Another day later.
Filling them up mindlessly, it's all starting to kick in.
Hypersensitivity.
New rules and regulation are put in place,
one thing after another, contradicting one another,
unperson: number three hundred and something death toll,
something more or something less that that
a dystopia is what she likes to call it,
appropriate and unnerving to say the least.
Thursday 26th March 2020
As the death count rises,
panic and existential crisis does too,
instead of sitting alone, in dread
we sit in the living room watching reruns of Friends,
laughing our faces off at our friends—

realising for the first time in forever we don't feel so bad. Ironically one of the best times we've ever had.

Friday 27th March 2020

Another daily update from your local detrimental dipshit:

Prime Minister tests (fucking) positive
Total UK death: 759
14,543 UK confirmed cases

It's quite hysterical now, our PM is a character out of a story book.

It should be simpler, like telling a child to eat their vegetables. But instead of eating vegetables, it's a lack of leadership. Anarchy.

Saturday 28th March 2020

Death count rises more than 1500.

Sunday 29th March 2020

Death toll reaches 7000. Spain. 2 minutes of silence for the departed. 1200 hours. Insanity.

Monday 30th March 2020

Hanna's creativity is struggling and burning for survival. Survival is necessary for us to live.

Tuesday 15th September?

Fuck.

Sin precedentes
Aayra Khawaja
translated by Javier Romero Castañeda

Fue en diciembre de 2019, que se identificó por primera vez,
y el 11 de marzo de 2020 se anunció.
El mundo recibió la noticia,
la noticia de que las cosas no volverían a ser como antes.
Esta espantosa entidad acechando en el aire,
cambiando nuestras vidas tal y como las conocemos.
Los negocios se cerrarían —hasta nuevo aviso—.
No imaginaron que arruinaría medios de vida,
cuando descubrimos que no podríamos volver a ver a nuestros seres queridos,
cuando no podríamos salir como antes,
recibimos la noticia.
Así es, recibimos la noticia pero aún no la hemos asimilado.
Al menos todavía.

Jueves, 19 de marzo de 2020
Nunca imaginamos que hoy iba a ser nuestro último día de clase,
la noticia de que los colegios se cerrarían —hasta nuevo aviso—.
Sin rutina, sin trabajo, sin colegio,
nada que anhelar.
Amigos que una vez fueron cercanos ahora están lejos,
Parejas que se ven separadas.
Qué mundo en el que vivimos, donde está prohibido
tocar otra alma.
Qué mundo en el que vivimos, donde tenemos miedo de salir.
Qué mundo en el que vivimos.

¿Sin responsabilidades? ¿Estamos bien? ¿O es que estamos locos? Pánico. Pánico. Pánico. Hablamos de sentir pánico. Solamente nos queda el pánico.

Viernes, 20 de marzo de 2020
Situaciones sin precedentes requieren medidas sin precedentes.
Es momento de intentar hacer que valga la pena vivir la vida, ¿verdad? Estar en cuarentena significa que es momento de cambiar, de empezar a
correr, bailar, escribir, hornear, leer, limpiar, comer, dormir, bailar, hacer directos, cocinar, pintar, meditar, cantar, dibujar, regar las plantas… desistir.
Es como si hubiese una presión abrumadora por hacer o participar en algo, o simplemente ser productivo. Solo han pasado unos días y los medios de comunicación se nos echan encima. Hanna está asustada. Mi compañera de piso… Una persona particular, por no decir otra cosa.
No ha pasado mucho tiempo, pero la invasión de los putos medios de comunicación se le ha metido en la cabeza. Qué Dios nos salve.
—Cuarentena—.
—Sin precedentes—.

Sábado, 21 de marzo de 2020
Hoy es el primer día de confinamiento de Hanna.
Su cuerpo inerte sentado en el sofá. Cuatro pequeñas paredes encerrándola durante toda la semana, como un buitre giran-

do en torno al cadáver de un animal al borde de la carretera. Veintiún jodidos días dentro y parece intranquila, aunque actúa como si el confinamiento fuese una salida a su creatividad (dijo ninguna persona creativa nunca).
Sale el calendario que lleva escondido en el desván desde enero.
Eso de —año nuevo, vida nueva— siempre ha sido algo superficial. ¿Por qué leches debería cambiar nada el hecho de estar confinada?
Tal vez sea un descubrimiento, una autorreflexión para volver a evaluar nuestras vidas.
Expectativas creadas por los medios de comunicación sobre nuestras capacidades en el confinamiento.
¿Tenemos que ser productivos? ¿Deberíamos ser productivos?
Es una puta pandemia. ¿Desde cuándo se supone que debemos ser productivos?

Domingo, 22 de marzo de 2020
Otro día más, otro reportaje que llega a una pantalla cercana. ¿Qué hay en la carta esta vez? ¿Más información sobre el monstruo invisible que vuela por el viento? Por supuesto, pero eso no es todo.
La locura ardiente en Australia, la cosa va a peor ahora, la belleza desaparece al instante que toca la flor roja.
El engendro al que llamamos —presidente americano— al otro lado del charco, al menos se ha iniciado un juicio político, ¿verdad?
Brexit. Nada más que añadir en cuanto a ese frente, me

marea pensar en ello.

Lunes, 23 de marzo de 2020

Hanna vuelve a negarse a salir de la cama. Ya está incumpliendo su estricta rutina. La creatividad es una de esas cosas que vienen y van, como la motivación.
Es difícil juzgar a alguien. Así es la naturaleza humana.
No puedo evitarlo. Su necesidad constante de convertirse en alguien nuevo.
Tal vez sea mi envidia.
No hay escuela por la que levantarse,
no hay sitios a los que ir,
¿hay algo que vaya a hacer que merezca la pena?
para mostrarle al mundo que no está siendo perezosa ni improductiva a propósito,
para mostrarle al mundo que se solidariza,
para mostrar que no echa de menos las normalidades de la vida en secreto.
Parece patético decir que lo echamos de menos, ¿a qué sí?
Nunca fue algo de lo que estar orgulloso, mírala ahora, míranos ahora,
te digo que eches un vistazo.

Martes, 24 de marzo de 2020

¿Qué día del Apocalipsis es? Hanna ya ha entrado totalmente en frenesí, se levanta a Dios sabe qué horas de la noche y duerme durante el día. El miedo por su estado mental es pre-

ocupante, no debería ser tan difícil para nadie.
Más noticias por parte del nocivo gilipollas local:
    Las muertes aumentan en los Estados Unidos
    Trump se niega a decretar un confinamiento nacional
    "Virus chino" domina los medios de comunicación
—Preparaos para perder a aquellos a los que amáis— dice el muy consciente Primer Ministro de Reino Unido.
Qué palabras tan cálidas.
Qué lindo.

Miércoles, 25 de marzo de 2020
Visto de lejos, pensar que Hanna se estaba convirtiendo en una especie de criatura nocturna no era el aspecto más terrorífico de esta experiencia inusual y única.
Está empezando a convertirse en una carga.
Los días parecen más largos.
Todo se vuelve absurdo e insignificante.
Miércoles, 25 de marzo de 2020.
Miércoles, 25 de marzo.
Miércoles 25.
Miércoles.
Otro día más.
Llenándolos sin pensar, está empezando a hacer efecto.
Hipersensibilidad.
Se establecen nuevas reglas y regulaciones,
una cosa tras otra, contradiciéndose las unas a las otras.

Nopersona: la cifra de muertos es de trescientos y algo, algo más o algo menos
una distopía, así le gusta llamarlo,
apropiado y desconcertante por decir algo.

Jueves, 26 de marzo de 2020
A medida que aumenta el número de muertos,
también aumenta el pánico y las crisis existenciales
en vez de sentarnos solos, con miedo,
nos sentamos en el salón a ver episodios de Friends,
riéndonos a carcajadas de nuestros amigos,
dándonos cuenta por primera vez en la vida de que no estamos tan mal.
Irónicamente, uno de los mejores momentos que hemos vivido.

Viernes, 27 de marzo de 2020
Más noticias por parte del nocivo gilipollas local:
> **El Primer Ministro da positivo (no me jodas)**
> **Número de muertes en Reino Unido: 759**
> **14.543 casos confirmados en Reino Unido**

Está bastante histérica la cosa, nuestro Primer Ministro parece sacado de un cuento de niños.
Debería ser más simple, como decirle a un niño que se coma la verdura.
Pero en vez de comer verdura, es falta de liderazgo.
Anarquía.

Sábado, 28 de marzo de 2020

La cifra de muertos sobrepasa los 1.500.
Domingo, 29 de marzo de 2020
La cifra de muertos llega a los 7000. España. Dos minutos de silencio por los fallecidos. 1.200 horas. Locura
Lunes, 30 de marzo de 2020
La creatividad de Hanna lucha y arde por sobrevivir.
La supervivencia nos es necesaria para vivir.
¿Jueves 15 de septiembre?
Mierda.

Weekly Routine
Ryan Lenney

Sunrise slaps the room as the curtain slips back along the rail. As steam rises from a fresh brew of coffee, it clung to the window above and developed a faded screen, hiding the outside world. As nine am ticks over, a hum from deep within the house dulls as radiators accept they will begin to cool gently. It is the start of a new week and the rising sun awakens the house.

Whispers of familiar friends' drift from speakers and awaken the quietest spaces in the room. Faces and scenes of loved ones float around and caress the walls with their company. Coffee, by nine-fifteen, had lingered through the fabrics of various furniture, spreading its scent, and moving the stiffest of fibres. Comfortable cushions lounge against the furniture, observing the growing collection of books that group next to the couch.

Initially a solitary magazine, the now twelve plus pile congregates enthusiastically as each story faces another and overlaps through generations. Some classic and some brand new. The new ones mostly thriller or mystery or something mindfully enticing. While reading was the hobby, an active mind was the chore.

From another room, a wave of melodic sounds bubbles and vibrates the walls. Searching deeper, a radio had clicked onto a pure music channel. A rarity as most soon became occupied with muffled voices from sport spectators or people driving and informing the world about it. Instead, this channel played calm instrumental music. The house welcomed these sounds as they wafted through doorways and corridors.

A click on the computer and the morning sun of Windows Hello scans and unlocks the day. The horizon of a desktop begins as email icons, who spent the night as closed envelopes, stretch their lids and present as open after reading. Flicking over the duvet of Mail and stepping out onto the cold, morning, white floor of Chrome.

From the other room, the bells of Big Ben chime just before the window of the world automatically turns off. It is 10am, the window closes at 10am in this house. Silence lingers as the house awkwardly shuffles to silence. Detached houses are always quieter.

The drive to work doesn't take long. It was only about three centimetres north of the mouse before the Zoom tab was clicked. Today a parking space at the top of the group was free and so the day begun.

A red light flicks on at the top of the computer to signal work has begun. Mirrored images of other households flicker across the screen over the course of the day. Some are well designed and made up, new furnishings and bright colours. Others are dark and void of natural light. The houses that appear speak in the same tone, all exchanging information and completing tasks while the sounds of another's house linger in the background. In between the exchanges of information, there is silence. Silence when the creaking floorboards become embarrassed and the heating sweats at the thought of being heard over the microphone.

Work ended as the sun set and screen returned to black. The night sky only housed two stars distant like glassy reflections. They flickered. And again. Sometimes the house wondered if there could be life up there in those stars, like small galaxies they gleamed. Perhaps it could mean that somewhere there was something better, there was life away from the routine of automation. Then they disappeared and the sky sat void.

A new day rose in the kitchen as heat burned. The kitchen sun rose and fell on temperatures, the morning dew smelled the same each day. It was nothing special, as it never is but whenever the sun set in the office, the sun rose in the kitchen.

It was a simple cycle. The sun would eventually set in the kitchen as it would rise in the living room and the Window of the World would open again. Normally by the living room's second day of the week, the window was brighter. Friendlier faces smiled and made the world feel less lonely. They recited some of their favourite scenes together. It was a time to see how the world once was. Scenes where houses were flourished and had differing agendas. The Window of the World was made in a time when houses could see what other houses exist. Now, it is used to remind houses of how things were.

Eventually, the window would close and the creaking floorboards from above would begin. The house always wept as this day of the week arrived. It was the coldest and darkest day. Creaks like thunder spread throughout the house and forced the other rooms into either silent submission or encouraged active fear. The boiler is afraid of the dark during the day, it can sit quietly and happily locked away in its infantile space, surrounded by blankets and towels for comfort. At night, it moans, it growls. It looks to its pipes in dismay as they shrink and shrivel up in the darkness. This time is the most dreaded every week, it is the day that everything settles. The entire house appears to be relaxed, quiet and subdued. However, under that false comfort is the crying of a lonely boiler and the deafening sound of loneliness running in the halls. Somewhere in the darkness are a thousand silent voices screaming for attention.

Sometimes, the house could see the other houses around, they all did the same on the dark day. They too went dark and if house didn't know any better it would appear to be a day of rest. But it was the worst day, it was a time when panic could manifest in silence, with nothing to scare the lingering concerns away. House couldn't remember how long the routine had gone on for, or even how long it would last. All it knew now was that things are quieter than before; things aren't as busy as before.

The window's morning sun flashes in a mixture of memory and sadness. Voices from the Window of the World echo and merge with the fantastical voices of novels spoken and never heard. On the darkest day, everything comes back at once. It is a day where reflection isn't an option but an imposed punishment. For the house, while the boiler moans and croaks at being locked in the dark, the other rooms whimper in silence. They drift away, dust eventually settles, and warm ovens fade to cool. Knowing all too well that the dust will be disturbed again, and the fires will burn once more.

There are a few things certain in the week, the hot and the cold. Nothing else is forever. The sun will always rise, and it will always fall. The cold is never welcomed but it is needed; for if the cold days were no more, the warm would seem too normal. Sometimes one has to feel the cold to experience the warm.

As the cold day ends, the voices suddenly stop and welcome the new day with open arms. The cycle repeats, the Window of the World has clicked on and the voices of familiar friends once again echo through the walls. Creaks from floorboards signal that the cycle begins and stomps on the stairs thunder in the new week. Weeks pass and months wander. Time is irrelevant in a cycle for it is infinite.

A day will come when the Window won't open. The air will stagnate, and the dawn of a new day doesn't come. Instead, there is only silence.

Rutina semanal
Ryan Lenney
translated by Roberto Matei

El sol golpea la habitación cuando la cortina se desliza por el riel. El vapor se eleva desde el café recién hecho, se aferra al dintel de la ventana y crea un velo borroso que oculta el mundo exterior. Al pasar las nueve de la mañana, un zumbido apagado suena dentro de la casa; los radiadores aceptan su destino y empiezan a enfriarse lentamente. Comienza una nueva semana y el sol naciente despierta el hogar.

  Los susurros de caras conocidas deambulan desde los altavoces y despiertan los rincones más silenciosos de la habitación. Los rostros y escenas de los allegados flotan y acarician las paredes con su compañía. El café, a eso de las nueve y cuarto, ya se ha entremetido en las telas de diversos muebles, extendiendo su aroma y desperezando las fibras más entumecidas. Unos cómodos cojines reposan contra los muebles, observando la creciente colección de libros que se agrupa al lado del sofá.

  Lo que fue al principio fue una revista solitaria es ahora una pila de más de doce tomos que se congregan con entusiasmo y se miran unos a otros, superpuestos durante generaciones. Algunos son clásicos, otros totalmente nuevos. Estos son mayormente de suspense, de misterio o de temas sugerentes. Mientras que la lectura es un pasatiempo, una mente activa es la meta.

  Desde otra habitación burbujea una onda de sonidos melódicos y hace vibrar las paredes. El origen es una radio que ha sintonizado un canal musical; una rareza, puesto que pronto la mayoría de los canales fue invadida por voces amortiguadas de deportes o pilotos al volante y locutores que informaban al mundo de ello. Sin embargo, este canal reproduce música instrumental tranquila. La casa acoge estos sonidos mientras flotan por los umbrales y los pasillos.

Un tecleo en el ordenador y el amanecer de Windows Hello escanea y desbloquea el día. El horizonte del escritorio se presenta mientras los iconos de correo, que han pasado la noche en forma de sobres cerrados, se abren y quedan marcados como leídos, desplegándose sobre el edredón del Correo y encaminándose hacia el suelo blanco, mañanero y frío de Chrome.

Desde otra habitación, las campanas del Big Ben dan la hora justo antes de que la Ventana al Mundo se cierre. Son las diez; la Ventana se cierra a las diez en esta casa. El hogar experimenta un silencio incómodo. Las casas aisladas son siempre más silenciosas.

El camino al trabajo no lleva mucho tiempo. Tan solo tres centímetros al norte del cursor se abre la ventana de Zoom. Hoy hay una plaza libre arriba del todo. Así empieza el día.

Se enciende una luz roja en lo alto de la pantalla para señalizar el comienzo del trabajo. Imágenes análogas de otras casas parpadean por el monitor durante la jornada. Algunas tienen un buen diseño, con muebles nuevos y colores brillantes. Otras son oscuras, despojadas de luz natural. Todas las casas que aparecen hablan en el mismo tono, todas intercambian información y realizan tareas mientras otras esperan en el fondo. Entre las comunicaciones hay silencio. Un silencio en el que la tarima chirriante se avergüenza y la calefacción tiembla ante la idea de que la oigan por el micrófono.

El trabajo concluye con la puesta de sol y la vuelta al negro. El cielo nocturno solo alberga dos estrellas distantes, como reflejos vidriosos. Titilan una vez. Y otra. En ocasiones, la casa se pregunta si podría haber vida en ellas, pues relucen como pequeñas galaxias. Tal vez signifique que en algún lugar hay algo mejor, una vida ajena a la rutina de la automatización. Entonces desaparecen y el cielo queda vacío.

Un nuevo día amanece en la cocina mientras el hornillo calienta. El sol se eleva y desciende con el cambio en la temperatura; el rocío mañanero huele igual todos los días. No es algo especial, nunca lo es, pero siempre que el sol se pone en el trabajo, sale en la cocina. Es un ciclo simple. De la misma forma, el sol se pondría en la cocina y saldría en el salón, donde la Ventana al Mundo se abriría de nuevo. Normalmente, durante el segundo día de la semana en el salón, la Ventana brilla más. Hay rostros más amistosos que sonríen y hacen del mundo un lugar menos solitario. Recitan algunas de sus escenas favoritas. Es el momento de ver cómo fue el mundo antaño. Escenas donde las casas eran más prósperas y tenían planes diferentes. La Ventana al Mundo se había fabricado en una época en la que las casas podían ver que otras casas existían. Ahora, se usa para recordar cómo eran.

Más tarde, la Ventana se cierra y el chirrido de los tablones comienza en el piso de arriba. La casa llora siempre que llega este día de la semana. Es el más frío y el más oscuro. Chirridos como truenos se esparcen por todo el hogar y obligan a otras habitaciones a mantener un silencio sumiso o las incitan a un miedo activo. La caldera tiene miedo de la oscuridad durante el día. Se sienta en silencio, despreocupada, encerrada en su hueco infantil, rodeada de mantas y toallas cómodas. De noche se queja, gruñe. Ve cómo sus tuberías se encogen y se secan, consternada. Este momento es el más temido, todas las semanas. Es el día que todo descansa. Toda la casa parece estar relajada, tranquila y apagada. No obstante, bajo esa falsa comodidad la caldera llora y la soledad corre en las habitaciones con un silencio ensordecedor. En algún lugar de la oscuridad hay mil voces calladas clamando atención.

A veces, la casa observa a otras de alrededor; todas hacen lo mismo durante ese oscuro día. Ellas también se apagan y, de no saber lo que eso esconde, parecería un día de descanso. Sin embargo, es el peor día. Es el momento en el que el pánico se manifiesta en el silencio, sin nada que disipe las preocupaciones del ambiente. La casa no recuerda durante cuánto tiempo ha tenido esa rutina, ni siquiera cuánto durará. Lo único que sabe es que ahora las cosas están más tranquilas que antes, ya no hay tanto bullicio.

El sol mañanero de la Ventana destella con una mezcla melancólica. Las voces de la Ventana del Mundo resuenan y se combinan con las voces fantásticas de historias a las que nadie presta atención. En el día más oscuro, todo vuelve de golpe. Es un día en el que la reflexión no es una opción, sino un castigo impuesto. En la casa, mientras la caldera gruñe y grazna, encerrada en la oscuridad, las otras habitaciones gimen en silencio. Los gemidos se apagan con el tiempo, los cálidos hornos comienzan a enfriar y el polvo se asienta, sabiendo que un día volverá a levantarse y los fuegos prenderán de nuevo.

Hay pocas cosas seguras a lo largo de la semana: el calor y el frío. Nada más perdura. El sol siempre saldrá y siempre se pondrá. El frío nunca es bienvenido, pero sí necesario, pues si los días fríos no existiesen, el calor sería demasiado normal. A veces hay que sentir el frío para experimentar el calor.

El día frío llega a su fin y las voces se detienen de pronto y dan la bienvenida al nuevo día con los brazos abiertos. El ciclo se repite, la Ventana del Mundo está encendida y las voces de rostros familiares resuenan en las paredes de nuevo. Los crujidos de los tablones indican que el ciclo comienza, y entra con paso firme, como un trueno, en la nueva semana. Pasan las semanas y los meses vagan. El tiempo es irrelevante en un ciclo, ya que este es infinito.

Llegará un día que la Ventana no se abra, el aire se estanque y el amanecer de un nuevo día no llegue. Entonces, habrá solo silencio.

UNMASKED WRITINGS:
NO DATE ON THE CALENDAR

HISTORIAS DESCONFINADAS:
SIN FECHA EN EL CALENDARIO

First published by Egg Box Publishing, 2021
Part of the UEA Publishing Project Ltd. International © retained by individual authors. This book is sold subject to the condition that it shall not, by way of trade or otherwise, be lent, resold, hired out, stored in a retrieval system, or otherwise circulated without the publisher's prior consent in any form of binding or cover other than that in which it is published and without a similar condition including this condition being imposed on the subsequent purchaser.

ISBN: 978-1-913861-62-9
Printed and bound in the UK
Designed and typeset by Anna Brewster / annabrewster.co.uk

Project Coordinators
Bruno Echauri Galván—University of Alcalá
Maria Gómez Bedoya—University of East Anglia PPL
Silvia García Hernández—University of Alcalá
Lorena Silos Ribas—University of Alcalá
KR Moorhead—University of East Anglia LDC

Project Editor/Proofreader
Antonela Pallini Zemin

Editorial Assistants
Kieran Devlin & Martha Griffiths